Magictopia y los ladrones de almas

EDICIONES JR

Magictopia y los ladrones de almas

©Magictopia y los ladrones de almas.
Primera edición: Abril, 2024.
Autora: Keyla Dy.
Portada a través de copilot.
Portada interior por: Blanch
Ilustraciones por: Blanch

Formación editorial: ©Ediciones JR
Editora: Joanna Romero
jr.edicioneditorial@gmail.com

A todos los que han luchado con sus propios ladrones de almas…

Esta es nuestra historia, la de nuestra primera misión, la que nunca se olvida…

Mi hermana Dy y yo vivimos muchísimas aventuras, pero esta, la que vamos a contar, fue maravillosa e inolvidable...

Esperamos que disfrutes "Magictopia y los ladrones de almas".

Obsidiana y *Dyamanthe.*

ÍNDICE

I. El gran descubrimiento

Estaba acostada boca arriba en mi cama imaginándome que era un hada llamada Dyamanthe, sin embargo, tan solo era Keyla, un nombre muy corto que bien podría estar acompañado de un Dyamanthe ¿no? Mi hermana gemela Obsidiana es la única que me llama así.

De repente…

—¡Dyamanthe ven a ver esto! —exclamó mi hermana.

Corrí hasta ella y sí, allí estaba, una preciosa caja de madera con un moño azul celeste y una nota que decía "Para el Dyamanthe más brillante".

—¿Es para mí? —pregunté con algo de duda.

—¡Creo que sí!

—Antes de abrirlo vamos a imaginarnos qué es lo que hay dentro— dije pensativa.

Ambas sabíamos que la imaginación era la mejor manera de ver el mundo… y de entrar en él. (En ese entonces teníamos doce años).

Cuando abrimos la caja descubrimos que era mucho mejor de lo que esperábamos:

Dentro encontramos una hermosa pulsera dorada con un dije de atrapasueños y tres plumas brillantes colgando.

La miré con asombro, me la coloqué y en ese instante un portal dorado y resplandeciente se abrió ante nosotras, ambas decidimos atravesarlo, para nuestro gran asombro nos encontrábamos en Magictopia, un mundo que juntas imaginamos desde pequeñas.

—¡Estamos en el bosque mágico! —dije maravillada.

Allí estaba Lavanda, una ninfa mayor que solía sentarse a soñar y contemplar los paisajes, se llevó una increíble sorpresa aquel día cuando dos hadas llegaron, o, mejor dicho, cayeron frente a ella, éramos Obsidiana y yo.

—¿Quiénes son ustedes? —preguntó asustada.

Ni siquiera la escuché porque estaba sumamente impresionada por el paisaje, y lo mejor… ¡éramos hadas!

Yo tenía alas color esmeralda y un poco transparentes, lucían hermosas con mis largos rizos castaños. Las de Obsidiana eran azules, su cabello era corto y castaño también, sus rizos no le agradaron.

—Somos Dyamanthe y Obsidiana— respondió mi hermana.

—Y, ¡cayeron del cielo! — Lavanda nos miró con sus enormes ojos color miel.

—¡Sí! — dije con orgullo—y este mundo es como siempre lo imaginé.

Realmente era estupendo, el cielo de un azul más brillante que el de la Tierra, sus nubes doradas con formas graciosas. Había magníficos campos de flores de todos los colores.

—Bueno, ahora debo llevarlas a la A.M. para que las investiguen.

"¿A la queeeeé?" pensé confundida mientras caminábamos.

Para nuestro asombro, observamos que, del otro lado del bosque, el paisaje era feísimo, gris y con flores marchitas.

—¡Qué horror! —dije con tristeza, ¿quién le hizo esto a mi hermoso mundo?

—No entiendo por qué lo llamas tu mundo, si es así, deberías saber sobre Raycoar, el ladrón de almas y su terrible polvo— respondió Lavanda.

Entramos en un extraño cañón de cristal, profundo y elegante. Había hadas muy concentradas con aparatos raros. Lavanda nos condujo hacia un hada alta y erguida, de cabello castaño claro; llevaba unas plataformas enormes que la hacían lucir mucho más alta de lo que ya era. Su mirada dura, fija en nosotras me hizo dar un paso hacia atrás, pero Obsidiana dijo:

—Somos Obsidiana y Dyamanthe señora, no nos mire así. ¿Nos haría el favor de explicar por qué está tan oscuro y horrible allá fuera?

El hada cambió su expresión y sonriendo bondadosamente se presentó.

—Mi nombre es Dasha Shimmer—vengan conmigo, les explicaré.

Nos dirigió a una elegante y amplia oficina, donde aclaró que Raycoar era un ladrón de almas, lo que significa que controla a los demás robando su alma; venía de una tierra llamada Destructopia y quería apoderarse de Magictopia.

—¡Espantoso! —exclamé horrorizada.

—Tenemos que hacer algo, dijo Obsidiana decidida.

—Lamento hacerles saber que no podrán— expresó Dasha Shimmer sonriendo con tristeza—deben ser agentes para logarlo.

—Haremos el entrenamiento—dijo Obsidiana. Ella era firme e impulsiva.

"¿Qué le pasa?" pensé yo.

—Muy bien, les presentaré a las hermanas Kristel y Magenta Unikiet, ambas son agentes.

—Tendrá que ser otro día—suspiré aliviada al darme cuenta de que el portal dorado se abría nuevamente.

Segundos después nos encontrábamos de regreso en nuestra habitación.

— ¿Por qué le dijiste que queríamos ser agentes? — pregunté alarmada.

—¿Qué más podíamos hacer? Debemos salvar Magictopia de los ladrones de almas.

…Sabíamos perfectamente que nuestra vida cambiaría a partir de ese momento.

II. Los linajes de las hadas

Era un día muy aburrido, yo había dedicado un buen rato a ejercitar la imaginación, mientras Obsidiana leía un libro sobre murciélagos, sí, sus gustos son un poco extravagantes. De repente apareció ante nosotras, una vez más, aquel portal dorado. Sentí gran emoción, pero al recordar que íbamos a ser agentes, me paralicé. Después de cruzarlo, nos hallamos otra vez en el Cañón de Cristal, en donde nos encontramos con Dasha Shimmer; caminamos por una habitación oscura con aparatos que parecían de gimnasia, yo estaba nerviosa pero mi hermana se mantenía super segura; allí había dos hadas girando y haciendo piruetas, eran realmente hermosas, una de piel muy blanca, rizos negros atados a una coleta de caballo; la otra tenía el cabello caoba recogido en media coleta. Ambas llevaban la ropa muy ajustada. Al vernos, se acercaron a nosotras con una singular sonrisa.

—Soy Kristel Unikiet—dijo la de cabello negro.

—Yo Magenta Unikiet—añadió la otra—, somos hijas de Dalia, reina de las Salamandras.

Dasha Shimmer les pidió que nos mostraran el lugar y lo que debíamos hacer. Pasamos una hora hablando. Kristel resultó ser muy inteligente; Magenta muy dulce y amable.

—¿Ustedes son salamandras, silfos, hadas de agua o espíritus de tierra? —preguntó Magenta con curiosidad.

—¿¡QUE!?—Obsidiana y yo nos miramos confundidas.

—Lo siento—se apresuró a decir Magenta— olvidamos que vienen de otro lugar.

—¿Por qué no les contamos la historia? — propuso Kristel.

—Hace miles de años nacieron cuatro hadas— comenzó Kristel—Una poseía el poder para crear todo tipo de plantas y hablar con las criaturas del bosque; otra el de controlar el agua; una más el de crear luz y controlar el fuego, y la última era reina del viento y las nubes. Se dice que existe una quinta de la que no sabemos nada, esta desapareció en el bosque prohibido. De ellas descendemos todas las hadas.

—Nosotras somos Salamandras, controlamos el fuego—añadió Magenta.

—Los Silfos, el viento; las hadas de agua, el agua misma; y los espíritus de tierra, las plantas— explicó Kristel.

—¿Y qué pasó con la quinta? —preguntó interesada Obsidiana.

—Poseía un poder extraño, es todo lo que sabemos—respondió Kristel.

—Ustedes deben tener el mismo linaje— concluyó Magenta—¡Son idénticas!

Obsidiana y yo nos miramos.

—Aunque en personalidad, tenemos pocas cosas en común—comenté.

Es cierto, yo soy sabia, prudente, firme, respetuosa y silenciosa. Obsidiana es intrépida, impulsiva, si algo le molesta, lo da a conocer, además debes respetarla "solo porque se llama Obsidiana".

Después de aquella interesante conversación, continuamos el entrenamiento.

Obsidiana mostró gran agilidad en los aparatos y yo en los acertijos.

—Creo que lo hacen muy bien—dijo Kristel.

En ese momento Dasha Shimmer entró a la habitación y nos dijo que nos asignaría nuestra primera misión al siguiente día.

¡Me emocioné muchísimo! El portal dorado se abrió, lamentablemente había llegado la hora de dejar Magictopia, sin embargo, lo atravesamos y ya en casa meditamos sobre todo lo que habíamos aprendido acerca del linaje de hadas. Nos sentíamos realmente fascinadas.

—Obsidiana, ¿qué linaje crees que tengamos?

—No lo sé— respondió—pero llama mi atención el quinto…

Al día siguiente comenzaría una aventura que cambiaría nuestras vidas para siempre.

III. La batalla

Era un día tranquilo y común en nuestra casa, pero no para mi hermana ni para mí, que habíamos pasado la mañana hablando de Magictopia, Raycoar y los linajes de hadas. Al abrirse el portal cruzamos emocionadas, Kristel y Magenta estaban sentadas frente al castillo de las Salamandras, nos saludaron alegremente y luego Magenta propuso pasear por el reino de los espíritus de tierra. Aceptamos encantadas.

Ese reino era precioso y colorido, con flores de todas clases y casitas del árbol, también había un magnífico palacio que, según nuestras amigas hadas, estaba vacío.

—Este lugar no tiene un gobernante— explicaron—la corona aún sigue esperando al indicado.

Platicábamos al respecto cuando un grito angustiado nos sobresaltó.

—¡AHÍ VIENE!

—¿Quién? —preguntó Obsidiana.

—El enemigo—susurró Kristel.

Las Salamandras se prepararon para quemar al ejército de Raycoar; las hadas de agua para lanzar agua hirviendo; los Silfos para arrojarlos con viento y los espíritus de tierra para enredarlos entre espinas.

Así comenzó la primera batalla en la que estuve presente, todos peleaban con fuerza, unos para proteger su tierra, otros para invadirla. De repente sucedió algo que nadie esperaba, ¡yo estaba peleando! Lanzaba plantas venenosas y espinosas a los ladrones de almas, Kristel y Magenta luchaban con su fuego, y Obsidiana… ella peleaba de manera extraña y diferente ¡lanzaba truenos! tan ruidosos y destructores que lograron alcanzar a muchos ladrones de almas.

Al final se rindieron y huyeron, sin embargo, dejaron en medio del campo de batalla, una misteriosa página arrancada…

IV. La página arrancada

Todos nos miraron sorprendidos, nosotras nunca imaginamos que teníamos esos fantásticos poderes.

Entonces mi hermana se agachó y recogió la página arrancada.

—Parece de un libro muy antiguo—susurró Magenta.

Su madre, la reina Dalia, un hada de cabello caoba como el de Magenta y alas de color rojo brillante como el fuego (era una Salamandra), lo examinó.

—Reconozco esta página—comentó pensativa— pertenece al libro "Cómo deshacer los encantamientos oscuros", ha estado perdido durante siglos.

—Creo que Raycoar sabía que intentaríamos usarlo para combatir sus hechizos y por ello lo destruyó—sugirió Kristel.

—Tal vez—contestó la reina—sin embargo, solo tenemos una página, no podemos hacer nada.

—Hablando de hechizos—añadí—¿Qué tipo de hada somos nosotras?

La reina Dalia sonrió.

—Tú eres un espíritu de tierra Dy, puedes crear todo tipo de plantas e incluso controlarlas, además, tu linaje entiende y protege a la naturaleza.

—¿Y yo? —preguntó mi hermana intrigada.

El semblante de la reina cambió.

—No lo sé mi querida Obsidiana— respondió con seriedad, nunca había visto nada igual, pero no te preocupes deberías ser un espíritu de tierra como tu hermana…

Mientras analizábamos la página arrancada, Kristel tuvo una idea:

—¡Podríamos usar el hechizo del tiempo!

El hechizo del tiempo es una magia antigua que se utiliza para volver al pasado durante doce minutos, después de los cuales todo volverá a la normalidad.

—Es muy arriesgado—se opuso la reina— ustedes nunca han hecho un encantamiento como ese.

—¡Pero sabemos cómo hacerlo! —insistió Magenta.

La reina suspiró.

—De acuerdo—dijo al fin—pero antes tengo que hacer unas observaciones a sus hechizos…

También nos enseñó algo de magia, yo hice los apuntes que vienen a continuación:

Magia de los espíritus de tierra

1)Violetas - sanar heridas
2)Rosa - reparar cosas
3)Shirley poppy - hechizo del tiempo
4)Manzanilla -aparecer o desaparecer
5)Lirios - transformaciones
6)Malva - soplo de hada
7)Pervinca - hechizo opuesto
8)Camelia -crear
9)Pensamiento -invisibilidad

V. La guarida de Raycoar

Una sombra cayó sobre la guarida de Raycoar, y se paró frente a su trono negro y espinoso. Él la saludó con su voz penetrante, diciendo:

—Oscuros días 345—solía asignar un número a cada alma robada—¿Qué les sucedió a las gemelas?

—Perdimos una página de nuestro libro, señor— contestó temeroso 345.

—¿¡QUE!? ¿¡CÓMO QUE LA PERDIERON!?

—Sí señor, las gemelas la robaron, sin embargo, traigo noticias interesantes para usted.

—¿Cuáles? Habla rápido 345, tengo prisa.

—La mayor de las gemelas es un espíritu de tierra.

—¿Y?

—La menor es un hada oscura.

Raycoar sonrió con maldad.

—El linaje perdido, ese que las otras hadas encerraron en el bosque prohibido—dijo con malicia—¿Cómo supiste que es un hada oscura?

—Lanza truenos, señor, mataron a muchos de nosotros.

Raycoar se llenó de ira.

—¡Esos poderes están hechos para la maldad! —dijo enfurecido—la convenceré de unirse a mí y aprovecharé su magia para destruir Magictopia.

—Parece un gran plan, señor—dijo 345, y salió

Raycoar quedó solo, meditando…

VI. La extraña biblioteca

Nosotras nunca imaginamos lo que Raycoar pensaba de Obsidiana, ni mucho menos que ella era un hada oscura, solo pensábamos en el hechizo del tiempo y en la antigua biblioteca.

—Debemos ser muy cuidadosas—nos advirtió Kristel, una y otra vez—esa biblioteca es muy antigua, y según mi mamá, podemos ocasionar una catástrofe.

Cuando llegamos a "la biblioteca" era tan solo un terreno vacío. Obsidiana se ofreció a hacer el hechizo, Kristel y Magenta la ayudaron.

—Para hacer el hechizo del tiempo, debes crear una flor de Shirley poppy—dijo Magenta.

—Solo debes concentrarte y pensar en ella—le aconsejó Kristel—Shirley poppy es una flor roja de centro grande y amarillo…

Mi hermana lo intentó varias veces, todas sin éxito, en lugar de flores, aparecía un humo negro y luego una criatura extraña.

—¿Esto qué es? —preguntaba.

—Un sapo—respondía Kristel.

—¿Y esto?

—Un murciélago—decía Magenta con escalofrío.

—Y… ¡esto?

—Una araña.

—¡No puede ser! — se quejó Obsidiana—mis poderes no funcionan.

Entonces, decidí intentarlo y con determinación pronuncié: ¡*SHIRLEY POPPY*!

Al instante, una ráfaga de pétalos rojos envolvió el lugar y en él apareció…

—¡La biblioteca! — dijo Magenta con júbilo.

—¡Esperen! —nos detuvo Kristel—son solo doce minutos así que no podemos entretenernos.

Esto era realmente fascinante, no podía creerlo, había logrado hacer el hechizo del tiempo en el primer intento.

Durante esos días, Obsidiana y yo habíamos aprendido a controlar nuestras alas con pequeños vuelos, ahora éramos ágiles y veloces.

—Recuerden que el título del libro que buscamos es "Cómo deshacer los encantamientos oscuros"—dije volando hasta ellas.

La biblioteca, era un lugar grande y elegante, con muchos libros viejos escritos por hadas muy sabias.

—Encontrar un libro aquí es muuuuy fácil—comentó Obsidiana con ironía.

Era cierto, en la biblioteca había muchísimos libros, todos desordenados.

—¡SOLO QUEDAN DOS MINUTOS! —nos advirtió Magenta.

Me asusté porque aún no habíamos encontrado el libro, pero de pronto en una estantería altísima ¡lo vi! Volé hasta él, pero tan pronto estiré mi mano para tomarlo, una gran cantidad de libros cayeron sobre la entrada impidiendo el paso.

—¡OH NO! —gritaron asustadas Kristel y Magenta.

Tomé el libro y rápidamente corrí a buscar a mi hermana que estaba paralizada frente a una pila de libros.

—¡Obsidiana, vámonos! —le dije desesperada.

Sin embargo, ella no se volvió hacía mí, cogió un libro de piel café que en la portada tenía búhos, su animal favorito, después me miró…

—¡Vámonos Dy!

Un minuto… cantaba el reloj burlándose. Corrimos hasta una ventana y un microsegundo después, la biblioteca desapareció.

VII. La historia de Menta

Nos despedimos de nuestras amigas hadas para atravesar el portal dorado.

En casa, Obsidiana se comportaba extraño, como si estuviera ocultando un secreto.

—¿Qué sucede? —le pregunté.

Ella estaba leyendo el libro de los búhos.

—¡Lo trajiste! —le dije asustada.

—Es interesante, lo narra un espíritu de tierra llamado Menta ¿no es un nombre extraño?

—Es cierto— dije con desconfianza—y también bonito…

Toqué el libro y sentí que vibraba.

—¡AY! —grité.

—¿Qué pasa?

Una luz dorada emergió de mi mano hacia el libro y lo envolvió rápidamente. De él salieron dos hadas, ambas con alas de mariposa color verde y cabello castaño, una lo tenía más oscuro y lacio; la otra lo tenía más claro y ondulado. Nos miraban asombradas, una parecía muy emocionada, la otra era más sensata.

—¿Dónde estamos? —preguntó la del cabello lacio.

—En el mundo, Cynara, al fin somos libres…

Obsidiana y yo las mirábamos estupefactas.

—¿Quiénes son? —pregunté.

—¿Y qué hacen aquí? —añadió mi hermana.

—Mi nombre es Menta—dijo la del cabello ondulado, la más tranquila.

—El mío es Cynara, soy hija de Menta— respondió la otra hada.

Obsidiana y yo estábamos asombradas de verlas tan tranquilas.

—¿Cómo es que estaban en el libro? —pregunté.

Cynara sonrió.

—Extiende tu mano—me dijo.

Obedecí y el portal dorado se abrió nuevamente.

Estábamos frente al castillo de los espíritus de tierra. Menta abrió las grandes puertas de madera ante nuestros asombrados ojos, y entramos.

Una hermosa sala con elegantes sillones, una mesa enorme de centro, pinturas muy antiguas, todo era de madera y había ramas y flores por todas partes. Era tan antiguo que incluso Obsidiana me preguntó si creía que hubiera un fantasma, ¡obvio no!, le respondí.

Menta, Cynara, Obsidiana y yo nos sentamos en los cómodos sillones y esperamos unos segundos en silencio, después Menta, comenzó a hablar.

—Supongo que querrán escuchar quienes somos, ¿no es así?

Asentimos.

—De acuerdo—prosiguió Menta—nosotras somos espíritus de tierra, las primeras que existieron. Yo fui la primera hada de la naturaleza. Debido a que era imprescindible que alguien cuidara de los océanos, nació mi hermana Turquesa, la primera hada de agua; como el calor y la luz eran indispensables para las criaturas de este reino, nació mi hermana Pervinca, la primer Salamandra. Los animales y las plantas tenían necesidad de viento y lluvia, así mi hermana Malva vino al mundo, siendo una Silfo.

Menta hizo una pausa, como si estuviera a punto de hablar de algo muy delicado, y quisiera encontrar las palabras. Había empezado a llover y solo escuchábamos el sonido de las gotas cayendo… Menta continuó…

—Muchos años después, nació mi hermana Zafiro—un trueno cayó, como si el cielo hubiera reaccionado al escuchar ese nombre, ella era el linaje misterioso del que han oído hablar, la que trajo la oscuridad, los truenos y sus asombrosos poderes mentales. Ella era un hada oscura.

Obsidiana y yo estábamos más atentas que nunca.

—Fue encerrada—continuó Menta—hace mucho tiempo…

El cielo volvió a tronar, y esta vez con más fuerza.

—Nosotras somos antepasadas de Obsidiana y Dyamanthe—añadió Cynara.

Mi hermana y yo nos miramos sorprendidísimas.

—¿Nosotras? —preguntamos al unísono.

—Sí—contestó Menta, luego se dirigió a mí y explicó—Dyamanthe tú eres un espíritu de tierra, al igual que nosotras, tienes el poder de crear plantas y flores, hablar con los animales, mover rocas e incluso árboles.

—Entonces…—interrumpió muy intrigada Obsidiana—si yo soy descendiente suya, debo entender que también soy un espíritu de tierra; ahora explícame porqué cuando intenté hacer el hechizo del tiempo, aparecían murciélagos y sapos en lugar de flores Shirley poppy.

Menta la miró con asombro y al mismo tiempo, con un poco de miedo.

—Tú eres un hada oscura—dijo.

No podía creer lo que oía.

—Yo…, soy un hada oscura…

No puedo describir la actitud de Obsidiana, estaba muy sorprendida pero no tenía miedo, nunca tenía miedo, solo estaba…pensativa.

—El tener el poder de las hadas oscuras, no significa que debas ser malvada, querida Obsidiana—nos tranquilizó Cynara- es diferente, pero necesario, piensa por un momento: ¿Qué harían los búhos, o los hámsteres sin la noche?

Era cierto.

—Raycoar, el ladrón de almas quiere tu poder, así que deben tener mucho cuidado.

Menta acercó el libro que traje de la antigua biblioteca, ¿cómo era que ahora ella lo tenía? No lo sabemos. Pasó algunas páginas hasta llegar a la indicada, luego explicó:

—Este—señaló la página—es un antiguo hechizo con el que podrán derrotar a Raycoar. Aquí dice que necesitan cuatro piedras mágicas y un ingrediente secreto.

—¡Facilísimo! — exclamó mi hermana— ¿Dónde encontraremos esas piedras?

—Deben buscarlas Obsidiana, es una misión completamente suya—respondió Menta con solemnidad.

Obsidiana y yo no miramos.

Menta observó la ventana.

—Es tarde—dijo— es hora de regresar a su casa.

En un abrir y cerrar de ojos estábamos de nuevo en nuestra habitación, como si nada hubiera sucedido…

VIII. La casa de una bruja, la piedra de la amistad

Obsidiana y yo nos encontrábamos muy tranquilas leyendo. Había transcurrido casi una semana desde que conversamos con Menta y Cynara, sin embargo, no olvidamos nuestra misión: hallar las piedras mágicas y derrotar a Raycoar.

—Dy—me llamó mi hermana—encontré algo.

Fui hasta ella. Sostenía en su mano el libro "Cómo deshacer los encantamientos oscuros".

—¡Es un libro de pistas! —exclamó al mismo tiempo que dirigía sus ojos almendrados hacia mí con esa miradita inconfundible que expresa grandes deseos de aventuras.

—¿Qué dice? —pregunté intrigada.

Mi hermana prosiguió a leer la primera pista: "En un lugar de tonalidades rojo y naranja, encuentra la piedra que trae la felicidad a cualquiera".

—¿Nos está dando las pistas para encontrar las piedras mágicas, ¿verdad? — pregunté, empezando a sentirme emocionada.

—¡Exacto Dy, y quizá nos topemos con algunos monstruos y cosas interesantes!

"Oh no", pensé yo, "ahí vamos otra vez".

—Tal vez deberíamos ir a Magictopia—sugerí—no podemos retrasarnos.

Fue así como comenzó, la aventura, la que nos llevaría a hacer grandes cosas.

Llegamos a Magictopia pensando en aquella extraña pista. Cuando pasamos por el castillo de las Salamandras, salieron a nuestro encuentro Kristel y Magenta, y enseguida nos hicieron muchísimas preguntas.

—¿Es cierto que la reina Menta y la princesa Cynara, regresaron a Magictopia? ¿Cómo es que salieron del libro? ¿De verdad estuvieron tanto tiempo encerradas? ¿Qué les explicaron?...

—Un momento—las detuvo mi hermana—¿Acaso ellas son las gobernantes del reino de los espíritus de tierra?

—Sí—Afirmaron.

Después de darles detalles sobre cómo conocimos a Menta y a Cynara, les explicamos que el libro "Cómo deshacer los encantamientos oscuros" incluía un hechizo para derrotar a Raycoar y que necesitábamos encontrar cuatro piedras mágicas y un ingrediente secreto; mostramos a Kristel y a Magenta la pista que indicaba el libro, quienes después de sorprenderse mucho, empezaron a meditar en la primera de ellas.

—Un lugar de tonalidades naranja y rojo… —repasaba Kristel, en voz baja, tratando de descifrarlo.

—¡Ya lo tengo! —exclamó Magenta—¡El pueblo de las brujas!

Obsidiana se ilusionó sobremanera.

—¡Impresionantemente increíble! —dijo— ¡Vamos a pelear con las brujas para que nos den la piedra!

La miramos con intriga.

—Las brujas no son malvadas—aclaró Kristel— pediremos la piedra en paz.

—¡Ufff! —expresó con desilusión Obsidiana— creí que sería más emocionante. En fin, no perdamos tiempo, vamos al lugar de las brujas.

Inmediatamente volamos por el bellísimo cielo color zafiro de Magictopia, atravesamos el campo de los pegasos y luego la tierra de los dulces sanos, hasta que por fin llegamos al pueblo de las brujas, y sí, en efecto, tenía las tonalidades rojo y naranja del acertijo.

—Aquí siempre es otoño—explicó Kristel.

Descendimos y vimos una niña, tal vez de nuestra edad, que jugaba entre los árboles, era de baja estatura y tenía un hermoso cabello pelirrojo que jugaba con el viento.

Nos acercamos a ella.

—Buenas tardes—saludó Magenta— ¿Cómo te llamas?

—Nosotras somos Magenta, Kristel, Obsidiana y Dyamanthe—añadió Kristel.

—Yo soy Manzanilla Shirley—contestó la niña.

Obsidiana y yo, que estábamos un poco apartadas, nos acercamos.

—Estamos buscando una piedra mágica—dijo Obsidiana, que siempre ha sido muy directa—¿La has visto?

—No—respondió—pero tal vez Minerva pueda ayudarles, ¿por qué no vienen a mi casa y le preguntamos?

Nos pareció extraño que Manzanilla nos invitara a entrar a su casa cuando apenas nos conocía.

Llegamos a la casa del árbol donde vivía, conocimos a Minerva y nos enteramos de que es una bruja muy poderosa, y que, aunque no es familiar de Manzanilla, la quiere y respeta.

—Desconozco el asunto de la piedra—nos dijo amablemente—pero Manzanilla tiene muchos libros en su recámara, podrían consultarlos, quizás encuentren la información que necesitan.

Eso hicimos, subimos por una estrecha escalera de caracol hasta las recámaras, entramos en una muy colorida y nos sentamos en la cama de caoba.

—Yo conozco una historia sobre piedras, es algo fuerte, —dijo Manzanilla con seriedad— yo nunca he tenido amigas de verdad, pero si prometen que ustedes lo serán para mí, se las contaré.

Las cuatro nos miramos rápidamente.

—Está bien— dijo al fin Kristel—seremos tus amigas.

A Manzanilla le brillaron sus hermosos ojos verdes, y comenzó su relato:

—Mi verdadera madre, no es Minerva, sino Serafina, ella era una bruja muy bella; tenía una hermana gemela —nos miró a Obsidiana y a mí— se llamaba Sabrina, ésta era muy malvada e hizo sufrir mucho a mi madre, tanto que provocó que Raycoar, el señor de los ladrones de almas la eliminara; mi madre lo sabía, así que decidió traerme con Minerva cuando tenía tan solo 3 meses y le pidió que me cuidara. Con ella me dejó una piedra, para que al mirarla la recordara.

Manzanilla sacó una piedrecita de una hermosa caja con sus objetos más valiosos, era roja y brillaba con el sol.

Me la dio, yo la tomé y antes de que la soltara, brilló con gran intensidad. Nos sorprendimos mucho, y lo hicimos aún más cuando vimos las letras doradas que aparecieron en la piedra: *"Felicidades, han encontrado la primera piedra, la de la amistad"*.

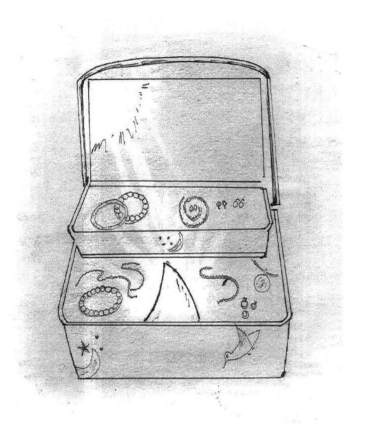

IX. La Segunda batalla

Raycoar no soportaba que hubiéramos encontrado la piedra de la amistad, así que llamó a 345.

—¡DEBEMOS ATACAR! —gritó enojado— ¡QUE LAS GEMELAS PIERDAN TODA ESPERANZA Y QUE EL HADA OSCURA SE UNA A MÍ!

Miles de sombras sobrevolaron Destructopia, tomando camino hacia Magictopia.

Mientras tanto, nosotras nos encontrábamos llenas de gozo y alegría.

—La primera piedra—dije asombrada.

Las demás no tuvieron tiempo para responderme, Raycoar estaba ya encima de nosotros.

Las brujas corrieron a sus casas ¡era la primera batalla en su pueblo! Minerva nos llamó con desesperación a entrar, sin embargo, esa era nuestra batalla y teníamos que pelearla.

Los ejércitos de Raycoar iban hacia nosotras, que ya estábamos listas para luchar.

Kristel y Magenta encendieron ardientes llamas de fuego; Manzanilla tenía lista su varita para convertirlos en pequeños objetos; yo abrí los brazos y grandes rocas se levantaron para golpearlos; Obsidiana preparó sus truenos.

Los ladrones de almas comenzaron a embestirnos con violencia, sin embargo, nosotras nos defendimos valientemente. Uno de ellos intentó herirme en el pecho, yo lo alejé con una espinosa rama.

Hubo un momento en el que retrocedieron, ya presentía nuestra victoria, cuando vi algo que me horrorizó por completo, ¡atacaban a Obsidiana! Ella trataba de defenderse con sus truenos, pero eran demasiados ladrones de almas para ella sola. Estaba a punto de correr hasta ella cuando algo inesperado, sucedió.

—¡DETÉNGANSE! —gritó con desesperación.

Unas extrañas vibraciones hicieron retroceder a los ladrones de almas, como si su amo hubiera dado la orden.

Inmediatamente después, Obsidiana se desplomó. Volé lo más rápido que pude hasta ella.

—¿Estás bien? —pregunté alarmada.

—Lo está—dijo Minerva apareciendo de repente—voy a prepararle una infusión y despertará.

Llevamos a mi hermana dentro de la casa y suspiramos al ver que tenía la piedra de la amistad apretada en la mano, esa por la que habría estado dispuesta a dar su propia vida.

Después de acostarla en la cama de Manzanilla, y mojar sus labios con la infusión mágica de Minerva, Obsidiana finalmente despertó.

—¿Qué me sucedió? —preguntó débilmente.

—Te desmayaste querida—contestó Minerva—hiciste un hechizo muy avanzado, y consumió toda tu energía.

La piedra de la amistad yacía en la mesita de Manzanilla, Obsidiana la miró y poco después preguntó:

—¿Eso fue magia de hada obscura?

Nosotras estábamos en una esquina, no nos habíamos acercado, porque a Obsidiana no le gusta que la compadezcan.

—Sí—respondió Minerva—tú los controlaste, los hipnotizaste. Algo que solamente pueden hacer las hadas oscuras.

—¿Escuchaste Dy? —preguntó Obsidiana—, recordando que tenía una hermana gemela —Sé hacer más cosas!

—Claro—respondí—las hadas oscuras son muy poderosas.

Minerva sacó un grueso y pesado libro de su mueble y se lo dio a mi hermana.

—Este libro lo escribió Zafiro, la primera hada oscura, es para que aprendas sobre todos los encantamientos que puedes realizar.

A Obsidiana le brillaron nuevamente los ojos castaños.

—¿Voy a aprender magia? —preguntó entusiasmada.

—Así es—contestó Minerva—y voy a aconsejar a Menta que envíe a Dyamanthe a la escuela de magia.

Yo también me emocioné, sin embargo, ya era hora de irnos, y mi hermana gemela ya se encontraba mucho mejor.

Nos despedimos de Kristel, Magenta, Manzanilla y Minerva.

Obsidiana y yo estábamos maravilladas.

—¡Ojalá nuestra mamá, no se dé cuenta de los rasguños que recibimos durante la batalla! —comentó Obsidiana.

"¡Oh es cierto, los rasguños!", pensé alarmada, "¿Y ahora qué haremos?"

X. La escuela de magia

Menta estuvo totalmente de acuerdo en que yo asistiera a la escuela de magia, sin embargo, noté que le preocupaba un poco que Obsidiana leyera el libro que había escrito su hermana Zafiro, aunque en el fondo sabía que mi hermana gemela debía aprender a usar su magia, ¡o habría sapos saltando por toda Magictopia! Además, sus extraños poderes podrían ayudar en la destrucción de Raycoar, aunque esto, ninguna de las dos lo sabía, lo descubriríamos en su momento.

Al día siguiente, nos fuimos a Magictopia muy temprano, y fuimos directamente hacia la escuela de magia. Un amable unicornio nos indicó el camino, (¡sí! también hay unicornios en Magictopia y yo como espíritu de tierra puedo hablar con ellos).

Era un edificio muy antiguo, hermoso, elegante, con dos niveles y muy bien cuidado.

Aunque allí no había clases para hadas oscuras, y la cortés hada que estaba en la puerta casi se desmaya al oír que Obsidiana era una, le permitió entrar en la biblioteca a estudiar el libro de Zafiro.

Yo me dirigí al salón de "encantamientos para espíritus de tierra" y me senté tan tranquila como en una escuela normal; la profesora Amatista, entró al salón, saludó amablemente y nos enseñó a usar la flor de manzanilla para aparecer y desaparecer, yo estaba tan atenta, que por un momento olvidé completamente las piedras mágicas y a Raycoar, no obstante, mi hermana no. Ella había estado sentada leyendo, aprendiendo muchísimos hechizos que nunca llegó a imaginar; descubrió que sus poderes representaban la noche y el misterio, y se preguntaba por qué razón los tenía y cómo los había heredado... Caminaba por la biblioteca meditando en ello, cuando de pronto vio un libro mal acomodado, ella lo empujó hacia adentro e inesperadamente los cuadros del piso se movieron dejando un extraño vacío, un pasadizo secreto. Sin pensarlo dos veces, Obsidiana saltó hacia él y con ayuda de sus alas azules, cayó ágilmente de pie.

En él había bellísimos retratos antiguos de hadas que vivieron hace milenios. Obsidiana, los admiró mientras caminaba hacia el fondo de aquel lugar.

De pronto vio algo que la sorprendió, una hermosa vitrina con únicamente una piedra de color azul cielo y debajo de esta, una hoja de eucalipto que decía: "*La valiosa piedra de la magia*".

Los ojos almendrados de mi hermana brillaron con intensidad, "la segunda piedra", pensó entusiasmada.

Entonces una nube de humo negro apareció repentinamente ante ella.

Obsidiana se quedó inmóvil, observando lo que se desenvolvía ante ella: una figura terrorífica hecha de humo y unos brillantes ojos rojos.

—Obsidiana—la llamó con su malvada voz hueca—no sabes quién eres.

—Lo sé—dijo mi hermana con valentía—soy Obsidiana, hermana de Dyamanthe, descendiente de Menta y Cynara... Soy un hada oscura.

—Eso último—contestó la voz—no tienes idea de lo que representan tus poderes.

—La tengo—Obsidiana no se dejó intimidar—lo leí en el libro de Zafiro.

Raycoar rio con maldad.

—Zafiro, esa hadita—rio nuevamente—le hice la misma petición que te haré a ti y no la aprovechó.

—¿Qué petición? —preguntó.

—Únete a mí, y no pierdas el tiempo con otras hadas inferiores, serás más poderosa de lo que te imaginas.

En ese instante, mi hermana notó algo, Raycoar tenía una hermosa piedra color azul marino que le adornaba el pecho.

—¡NO! —exclamó Obsidiana—¡Nunca lo haré!

Raycoar enfureció.

—¡Entonces robaré tu alma! —dijo enojado— ¡y me servirás, aunque no quieras!

No supo por qué, pero en ese instante Obsidiana lanzó un hechizo sobre la vitrina y, rompiéndola, tomó la piedra.

Cuando mi clase terminó, caminé hacia la biblioteca para reunirme con mi hermana, pero ella no estaba allí, entonces fui a buscarla a las aulas de los otros linajes y en el baño, pero no la encontré.

Desesperada regresé a la biblioteca, y caminé pasillo por pasillo, fue entonces que vi el pasadizo abierto. "¿Estará allí?" pensé, me habría esperado eso de Obsidiana, así que lentamente volé hacia adentro.

Descubrí exactamente lo mismo que ella: las antiguas pinturas y… la vitrina rota. Obsidiana estaba parada meditando sobre lo que acababa de suceder, con la piedra de la magia apretada en la mano derecha.

—¡Obsidiana! —exclamé—¿Qué haces aquí!

Ella volteó lentamente hacia mí.

—Dy—me dijo—he hallado la piedra de la magia.

Entonces abrió su mano, la vi y me sentí extasiada, sin embargo, noté algo extraño en sus ojos, sabía que estaba ocultando algo. Obsidiana había hablado con Raycoar y nunca lo mencionó, simplemente dijo:

—Se dónde está la tercera piedra, Dy.

—¿En serio? —pregunté asombrada—¿Dónde?

—-Raycoar la tiene—fue lo único que me dijo.

XI. La piedra de Raycoar

Raycoar tenía la piedra… no comprendí a mi hermana pues desconocía cómo ella sabía eso.

Durante la tarde-noche, las dos estuvimos muy pensativas, así que, a la hora de acostarnos, decidí hablar con ella.

—¿Qué pasa? —le pregunté—no comprendo cómo sabes que Raycoar tiene una de las piedras mágicas.

—Te diré algo muy extraño Dy—respondió— algo que no me vas a perdonar.

Me sorprendí.

—Bajé a la biblioteca, vi la piedra de la magia y… hablé con Raycoar.

Sentí que me desmayaba al escucharlo.

—¡¿Hablaste con Raycoar?!—pregunté sin creerlo.

—Sí y me pidió que me uniera a él, pero nunca lo haré.

—Te creo hermana, sé que jamás harías algo así.

—Mientras hablaba con él, vi una piedra en su pecho, era de color azul marino, al instante me di cuenta de que es una de las piedras que buscamos.

—Debemos conseguirla hermana…

Al día siguiente, fuimos a Magictopia, y les platicamos todo a Kristel y a Magenta.

—Entonces, ¿de qué manera vamos a quitarle la piedra a Raycoar? —preguntó Magenta.

—Yo tengo un plan—contesté—primero Obsidiana va a distraer a Raycoar, después yo voy a hacerme invisible con la flor de pensamiento y le quitaré la piedra, ustedes se esconderán y nos van a ayudar si es necesario.

—Es un plan excelente—dijo Kristel—solo tengo una pequeña duda: ¿Cómo vamos a llegar a Destructopia?

—La última vez que estuvimos en Magictopia, escuché a Menta platicarle a Cynara que para llegar a Destructopia debemos caminar por el sendero de la izquierda, que conduce a las afueras de Magictopia—indicó Obsidiana.

Kristel suspiró—Así lo haremos—dijo.

Entonces emprendimos nuestro viaje por el camino que nos señaló mi hermana hasta llegar a un horrible reino marchito. Se me partió el alma cuando vi los árboles sin vida y a los ladrones de almas, que eran en realidad criaturas de Magictopia a las que Raycoar había robado su alma, caminar sin rumbo con la mirada perdida.

Al llegar a un tenebroso y obscuro palacio, Kristel y Magenta, con una chispa de fuego se volvieron invisibles; yo utilicé la flor de pensamiento para hacerme invisible también y únicamente quedó mi hermana, luego caminó hasta la puerta.

—Vengo a hablar con Raycoar—expresó con osadía a los guardias de la entrada.

Los ladrones de almas abrieron la puerta y nosotras entramos.

—¡Viniste! —le dijo Raycoar a Obsidiana, con tono victorioso.

—Sí—respondió ella—¡Que día tan obscuro y hermoso tenemos hoy! ¿verdad?

Obsidiana fingió bien, parecía que de verdad quería hablar con Raycoar.

—Un excelente día para unirte a mí, ¿cierto?

Tenía que apresurarme, así que rápidamente, volé hacia el pecho del malvado ladrón de almas, estuve a punto de arrancarle la piedra, pero una poderosa fuerza invisible me dominó.…

Me incorporé, todo era oscuro a mi alrededor, escuchaba un ruido ensordecedor que me provocó vértigo. Cuando más fuerte era aquel terrible sonido, apareció una voz: "Todo es tu culpa" —decía—, "eres demasiado inútil"; frente a mí se presentó la imagen de Obsidiana, montada sobre un trueno; Raycoar estaba junto a ella y anunciaba con su penetrante voz "¡Larga vida a la reina de la obscuridad!"

—¡No! —grité— ¡Ella nunca haría algo así!

"Tus acciones son despreciables, Dyamanthe" —continuó la voz—. Abrí los ojos y observé con horror unas lápidas, tenían grabados los nombres de Menta, Cynara, Kristel, Magenta y… el mío.

"Nunca podrás, todo es inalcanzable para ti" —dijo —. Esperé unos instantes, unos instantes que parecieron horas, mientras la voz seguía murmurando cosas horribles…

—¡No! — me atreví por primera vez a responderle— ¡Todo es mentira!

La voz guardó silencio y yo continué hablando.

—¡Lo puedo todo! —exclamé— ¡Todo es posible si lo crees!

…La obscuridad se disipó cuando pronuncié esas palabras.

Lo que vi a continuación me horrorizó…

Kristel y Magenta habían sido encerradas en unas enormes jaulas negras, y Raycoar se inclinaba amenazadoramente hacia Obsidiana. Rápidamente agarré una de las horquillas de mi cabello, y como me habían enseñado en mi trabajo de detective, abrí con ella las jaulas. Kristel y Magenta me agradecieron, pero no había tiempo, usamos el hechizo de invisibilidad y volamos hacia Obsidiana, entonces vimos emerger humo negro en torno a ella, ¡nos angustiamos pensando que Raycoar la había atacado!, sin embargo, era Obsidiana utilizando un hechizo para volverse invisible como nosotras y burlar a Raycoar. Volamos lo más rápido que pudimos hasta llegar nuevamente a Magictopia. Estábamos a salvo y con una piedra más en nuestras manos.

Al llegar al reino de los espíritus de tierra, encontramos a Menta sentada en el jardín. Después de separarnos de Kristel y Magenta, Obsidiana y yo decidimos hablar con ella.

—Veo que han encontrado la piedra de la valentía—dijo.

"¿Cómo lo supo?", pensé.

—Sí—respondió Obsidiana—no sabíamos que la piedra se llamaba así.

—Raycoar la robó hace muchísimos años— añadió Menta—se necesita mucha valentía para obtenerla.

Mi hermana y yo nos miramos.

—¿Sabes dónde está la última piedra? —inquirí.

—Claro—contestó Menta—está tan cerca, que no la ven, tan fácil de encontrar que no se imaginan. Solo deben explorar un hogar, que pronto será suyo.

Nos despedimos de Menta, pensando en lo que acababa de decir.

—¿Crees que nos vamos a cambiar de casa? —cuestionó Obsidiana.

—No creo—respondí—pero preguntemos a mamá…

En ese momento no había planes de mudarnos, jamás imaginamos que estábamos a punto de hacerlo…

XII. La misteriosa piedra de la sabiduría

Al día siguiente, cuando entramos a Magictopia, decidimos explorar el castillo de los espíritus de tierra. Recorrimos el jardín, la sala, la cocina…

—Tengo curiosidad por conocer la recámara de Menta—susurró Obsidiana.

—¡No podemos! —exclamé—está cerrada con llave.

—Hay un hechizo con el que se puede abrir…

Obsidiana y yo caminamos hacia su recámara, mi hermana lanzó un humo negro y la puerta se abrió.

—¡Vamos! —dijo con una sonrisa.

Al instante pensé en la última piedra, la que nos faltaba por encontrar.

—¿Acaso estás pensando que aquí está la piedra, Obsidiana? —lo dije con tono de duda.

Mi hermana me miró.

—¡Que lista eres! —me dijo emocionada—
¡Vamos a buscarla!

Menta siempre nos dice que el castillo es nuestra
casa, así que registramos la habitación de arriba
abajo sin preocupación alguna.

—Encontrar la piedra aquí es i-m-p-o-s-i-b-l-e —
dijo Obsidiana con fastidio.

Era cierto, Menta tenía muchas cosas y eso
dificultaba la búsqueda.

—¡Espera un momento! —dije mientras revisaba
debajo del colchón—¡encontré algo!

—Déjame ver—mi hermana se acercó y se
sorprendió más que yo.

—¡Un pasadizo secreto! —dijo contenta—
¿Entramos?

Bajamos por una larguísima rampa con olor a
bosque, y cuando llegamos al final, vimos algo
que nos asombró demasiado.

Una elegante habitación con pinturas, esculturas
antiguas y muchas medallas nos recibió al final del
pasadizo.

Eran retratos de las primeras hadas: Menta, entre los árboles; su hermana Turquesa, frente a un hermoso lago; Pervinca, volando entre llamas ardientes; Malva, jugando con el viento…También había pinturas del nacimiento de cada una de ellas. Una llamó más mi atención, Cynara estaba junto a Menta y tenía un bebé en las piernas, un bebé de abundante cabello castaño y un hermoso rostro que resplandecía como el sol.

A Obsidiana le cautivó el retrato de un segundo bebé, con mirada fría y cabello negro como la noche, los truenos la habían envuelto y llevado con Menta.

Mientras admirábamos las maravillosas pinturas, un resplandor me hizo voltear, una piedra plateada con dorado estaba justo frente a nosotras. Se la señalé a Obsidiana e inmediatamente volamos hacia ella, mi hermana la tomó. Junto a ella había una carta muy antigua.

—Mira—le dije a mi hermana señalando la nota.

—Léela Dy, por favor—contestó.

—Muy bien, dice: *"Querida Menta, por favor cuida incansablemente la maravillosa piedra de la sabiduría y no*

81

dejes que Raycoar la encuentre, solo la enseñarás a nuestras elegidas. Tuya sinceramente. Violeta".

Una intensa luz dorada nos provocó cerrar los ojos, y cuando volvimos a abrirlos, estábamos nuevamente en la recámara de Menta…

XIII. El unicornio dorado

Menta entró en la habitación y nos vio, no obstante, no se mostró sorprendida.

—Enhorabuena—dijo sonriendo—finalmente han encontrado las cuatro piedras mágicas.

Obsidiana y yo nos miramos emocionadas.

—¿¡Eso significa que ya podemos derrotar a Raycoar!?—preguntó mi hermana con alegría.

—¿Recuerdan que les dije que debían encontrar cuatro piedras, y un ingrediente secreto? —preguntó Menta.

—Cierto—respondí— ¿Cuál es este ingrediente?

—A eso voy, y lo explicaré con una leyenda.

A Obsidiana y a mí nos fascinan ese tipo de historias, así que escuchamos con atención.

—Hace muchísimo tiempo—comenzó Menta—cuando yo era un hada pequeña, un precioso y elegante unicornio de cuerno dorado, cuidaba a todos las criaturas mágicas, además, poseía inimaginables poderes. Todas las criaturas a su vez cuidaban de él y lo respetaban, este gobernó con justicia y sabiduría. Sin embargo, en la época de Violeta (hija de Cynara) y de Zafiro (mi hermana menor), los seres humanos descubrieron Magictopia, y desearon capturar al unicornio, por lo que este tuvo que huir.

—Es una historia muy interesante—comenté.

—Pero ¿qué tiene que ver eso con el ingrediente secreto y con Raycoar? —preguntó Obsidiana.

—El unicornio posee un maravilloso polvo mágico, deberán buscarlo y pedirle tan solo una pizca—explicó Menta—él vive en el bosque de Magictopia.

Estábamos decididas a encontrarlo, el futuro de Magictopia dependía de ello.

XIV. El ingrediente secreto

En nuestro siguiente viaje a Magictopia, nos dispusimos ir al bosque en busca del unicornio.

Al llegar todo parecía muy sereno. Vimos a las dríades tranquilas y las hamadríades descansando en el interior de los árboles; caminamos cerca de un arroyo, después nos introdujimos en un pequeño bosque…Caminamos por largo rato en su búsqueda…

—Ya me cansé—se quejó Obsidiana—y no hay unicornio.

—Tal vez esté escondido en una cueva— comenté.

—O es invisible—me respondió mi hermana con ironía.

Apenas terminaba la frase cuando escuchamos un sonido extraño.

—¿Qué es ese ruido? —susurré.

—No lo sé.

El ruido se iba acercando, y pudimos distinguir un rápido galope y gritos horribles.

Nos quedamos paralizadas, hasta que finalmente lo vimos; estaba allí, ante nosotras, no obstante, era perseguido por un innumerable ejército de ladrones de almas.

Inmediatamente, lancé unas enormes ramas para atraparlos, Obsidiana les envió poderosos truenos, sin embargo, nuestros esfuerzos parecían en vano.

Al notar esto, Obsidiana comenzó a cantar. Era una suave y relajante melodía que provocaba un sueño profundo, entonces lo comprendí, ella estaba domando sus mentes y, como si fuera una orden, los ladrones de almas retrocedieron y se alejaron.

—Esta vez no me desmayé—dijo mi hermana con satisfacción.

—¡Cierto! —le dije con una sonrisa—¡Bien hecho!

El bellísimo unicornio se acercó a nosotras— Gracias—nos dijo amablemente—no sé qué habría sucedido si no hubieran lanzado sus maravillosos hechizos.

Sonreímos.

—Señor unicornio…—Obsidiana iba a hacerle la petición, pero este la interrumpió.

—Mi nombre es Kyara—dijo.

—Kyara, por favor ¿podrías darnos una pizca de tu polvo mágico? Lo necesitamos para un hechizo muy importante—dije.

Kyara sonrió —Estoy agradecida con ustedes—

De inmediato, aparecí un pequeño frasco, y ella lo llenó con polvo dorado. Luego pronunció la petición que jamás imaginé:

—Dyamanthe—dijo—me gustaría quedarme contigo.

Con gran asombro y emoción acepté. Aunque, Obsidiana se quejó porque ella no tenía un unicornio.

Ahora que teníamos los cinco ingredientes, estaríamos preparadas para lo que fuera a suceder…

XV. La última batalla

Era tal vez la una de la mañana, cuando sentí que la pulsera mágica vibraba, me preocupé, así que caminé a la cama de Obsidiana.

—¡Dyamanthe! —se quejó— ¡¿Por qué me despertaste?!

—Mi pulsera vibra—expliqué—algo malo sucede en Magictopia.

—¡Pues vamos! — Obsidiana se levantó—¡Hay que darnos prisa!

Cuando llegamos, todo estaba muy tranquilo, y antes de que Obsidiana replicara, vimos que la luna era de un rojo intenso, entonces una enorme sombra la cubrió, venía de más allá de la ciudad de los deseos, desde Destructopia. Decidimos avisar a las criaturas mágicas sobre el peligro.

—¡LOS LADRONES DE ALMAS ESTÁN ATACANDO! —gritamos— ¡Y RAYCOAR ESTÁ A LA CABEZA!

Raycoar nunca iba a las batallas, sin embargo, esta vez tenía el propósito de apoderarse de Magictopia de una vez por todas.

Las criaturas mágicas corrieron a organizarse: Primero estaban los Silfos, después las hadas de agua, por último, los espíritus de tierra y las Salamandras.

—¡Dyamanthe, Obsidiana! —nos gritó Menta— ¡Escóndanse, rápido!

—No, Menta— dije colocándome junto a ella— tenemos el hechizo, y vamos a vencer a Raycoar ¿verdad Obsidiana?

—Si no, me muero.

Menta nos miró con desconfianza, sin embargo…

—De acuerdo—suspiró— Dy, quédate donde está Obsidiana…

No terminó de decirlo, cuando el humo negro ya rodeaba a mi hermana, quien se había transformado en una majestuosa loba blanca de enormes alas.

Todas comenzamos a luchar utilizando nuestra magia. Vi a Kristel y a Magenta lanzando fuego junto con la reina Dalia; Cynara los atacaba levantando enormes rocas; Menta y yo los enredamos con ramas venenosas. Mientras tanto, Obsidiana, mordía a los ladrones de almas y lanzaba ruidosos truenos.

La batalla duró el resto de la noche, todos estábamos demasiado cansados para seguir luchando. Obsidiana y yo dejamos de pelear y nos encontramos fuera del campo de batalla.

Todos estaban muy sorprendidos por nuestra retirada, sin embargo, ese era nuestro momento, debíamos tener el hechizo listo cuando saliera el sol.

Obsidiana y yo juntamos las piedras: *Amistad, Magia, Valentía y Sabiduría.* Encajaban perfectamente, sobre ellas rociamos el polvo dorado y, para nuestro gran asombro, una lanza de plata apareció ante nosotras.

—¡Sé lo que debemos hacer! —me dijo Obsidiana con osadía.

Nos acercamos a Raycoar, que peleaba vigorosamente. Obsidiana, con excelente puntería, lanzó el arma de plata directo al hueco que había dejado la piedra de la valentía en el pecho del ladrón de almas.

¡Raycoar dio su último grito, y al instante se convirtió en polvo!

XVI. El fin de la guerra

Tras la derrota de Raycoar los ladrones de almas se transformaron en las criaturas mágicas que habían sido antes de que su propia alma fuera robada... las hadas al verlo corrieron a abrazar a sus seres queridos...Finalmente todos nos rodearon y felicitaron por nuestra valentía y vigor en la batalla.

Cuando las hadas terminaron de gritar "¡Viva Dyamanthe y Viva Obsidiana!", Menta se acercó a nosotras.

—Es muy peligroso que dos hadas como ustedes vivan en el mundo de los seres humanos, su madre decidió llevarlas allí para protegerlas de Raycoar, pero...

Con sorpresa vimos a toda nuestra familia llegar... ¡como hadas!

Fue increíble saber que fuimos hadas desde que nacimos, y que nuestra familia conociera Magictopia mucho mejor que nosotras.

—¿Sabías que veníamos aquí? —preguntamos a mamá.

—Claro—respondió ella—Estaba segura de que derrotarían a Raycoar y salvarían Magictopia, por eso le regalé la pulsera a Dy.

—Ahhh, tú la dejaste en la habitación…

Nuestra mamá sonrió y dijo —Tengo una sorpresa para ustedes.

Nuestra abuelita "Búho" (así la llama Obsidiana) abrió la enorme puerta del castillo de los espíritus de tierra y nos invitó a entrar.

—Desde ahora viviremos aquí—dijo amablemente—y ustedes tendrán su propia habitación.

No podíamos hablar de la emoción, así que corrimos por las escaleras y pasillos hasta llegar a nuestra nueva recámara.

¡Era enorme! ¡Mucho más grande de la que teníamos antes! La mitad estaba pintada de blanco, y llena de plantas y flores; la otra mitad, tenía una hermosa pared oscura con grecas que parecían truenos.

—¡Vaya, Obsidiana! —dije llena de alegría—así que al final nos cambiamos de casa.

—Sí—respondió—y yo estoy ansiosa de pasar mi primera noche aquí.

Tuvimos una gran celebración en el comedor más grande de nuestro castillo. Después nos preparamos para dormir, leímos un poco y platicamos por largo rato sobre toda nuestra aventura.

Fue el día más maravilloso de ese año, no teníamos idea de que nuestras magníficas aventuras apenas comenzaban…

Epílogo

El destino de Obsidiana.

Era casi la media noche, Obsidiana estaba observando apaciblemente la ventana, cuando de pronto, vio volando entre las estrellas a un unicornio que poco a poco fue descendiendo hasta acercarse a ella. Mi hermana estaba embelesada por su belleza, su lomo era del color del cielo nocturno, la crin rosa y estrellas en todo el cuerpo.

—Mi nombre es Medianoche—dijo—y estoy aquí para guiarte en tu destino, tú liberarás a las hadas oscuras.

Obsidiana se quedó en silencio, y gustosa decidió adoptar a Medianoche.

Se acostó en su cama meditando en lo que acababa de escuchar …

ACERCA DE LA AUTORA

Keyla Dy, escritora con incomparable imaginación, disfruta de leer, escribir e inventar magníficas historias durante su día a día.

A pesar de los desafíos que ha afrontado, encuentra ánimo en su propio lema: *"larga vida a la imaginación"*, motivándola a crear historias fantásticas y llenas de increíbles aventuras.

Participó en la antología *Cuéntaselo al tiempo, (2023)* con su gracioso e imaginativo escrito "El detective Miel".

Ahora, con tan solo 12 años, y haciendo ha comenzado la fantasiosa trilogía *Magictopia*.

Magictopia y los ladrones de almas es la primera, de una larga historia…

Made in the USA
Columbia, SC
24 July 2024

38614605R00062